Do Rory, Peter agus Brian

Sgeulachdan eile mun bhalach seo:

A' chiad fhoillseachadh sa Bheurla ann an 2005 le HarperCollins Children's Books,
meur de Harper Collins Publishers Earranta

A' chiad fhoillseachadh sa Bheurla anns an cruth seo 2006

www.harpercollins.co.uk

© an teacsa Bheurla agus nan dealbhan le Oliver Jeffers 2005
© an teacsa Ghàidhlig 2014 Acair

A' chiad fhoillseachadh sa Ghàidhlig ann an 2014 le Acair Earranta
An Tosgan, Rathad Shìophoirt, Steòrnabhagh, Eilean Leòdhais HS1 2SD

info@acairbooks.com   www.acairbooks.com

An tionndadh Gàidhlig le Doileag NicLeòid
An dealbhachadh sa Ghàidhlig le Fiona Rennie

Tha Acair a' faighinn taic bho Bhòrd na Gàidhlig.

Fhuair Urras Leabhraichean na h-Alba taic airgid bho Bhòrd na Gàidhlig
le foillseachadh nan leabhraichean Gàidhlig Bookbug.

Gheibhear clàr catalog CIP airson an leabhair seo ann an Leabharlann Bhreatainn.

LAGE/ISBN 978-0-86152-528-7

Clò-bhuailte ann an Sìona

Mach is Dhachaigh

OLIVER JEFFERS

acair

Uair bha siud bha balach ann

agus aon latha lorg e ceann-fionn aig an doras.

Cha robh fhios aig a' bhalach cò às a thàinig e,

ach thòisich e ga leantainn dhan h-uile àite.

Bha coltas brònach air a' cheann-fionn agus
smaoinich am balach gur ann air chall a bha e.

Thuirt am balach ris fhèin gu feumadh
e an ceann-fionn a chuideachadh
gu faighinn dhachaigh.

Chaidh e gu oifis rudan air chall 's air lorg.
Ach, cha do chaill duine ceann-fionn.

Dh'fhaighnich e do dh'eòin an robh fhios acasan cò às a thàinig an ceann-fionn.

Cha do leig iadsan orra gun cuala iad e.
Tha cuid de dh'eòin ann mar sin.

Chuir am balach a' cheist air a thunnag.

Ach sheòl an tunnag air falbh.
Cha robh càil a dh'fhios aicese.

An oidhche sin, chum briseadh-dùil
am balach gun norradh cadail fhaighinn.
Bha esan airson an ceann-fionn a chuideachadh,
ach dè mar a dhèanadh e sin?

An làrna-mhàireach, rannsaich e gur ann bhon
Phòla a Deas a bhios cinn-fionna a' tighinn.
Ach, ciamar a gheibheadh e ann an sin?

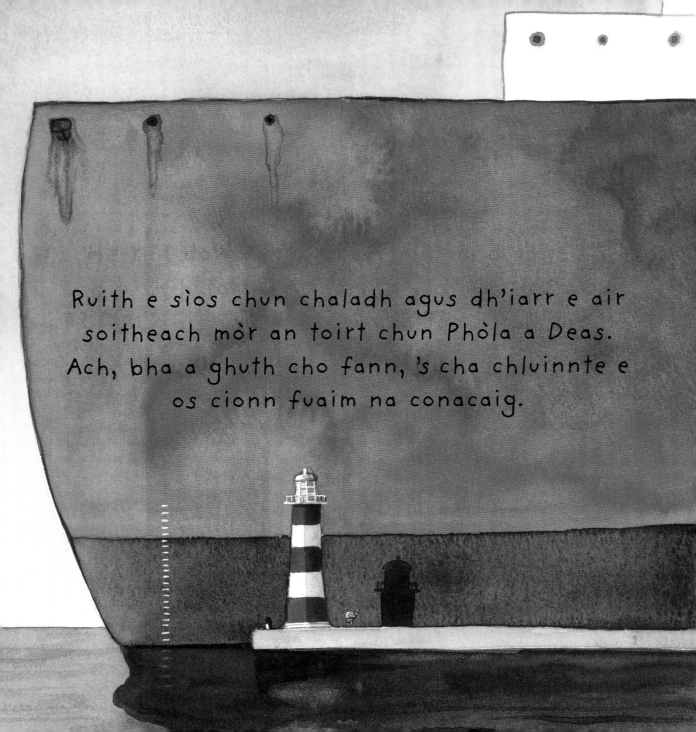

Ruith e sìos chun chaladh agus dh'iarr e air soitheach mòr an toirt chun Phòla a Deas. Ach, bha a ghuth cho fann, 's cha chluinnte e os cionn fuaim na conacaig.

Cha robh air ach gun dèanadh e fhèin agus an ceann-fionn iomradh chun Phòla a Deas. Thug am balach a gheòla a-mach às a' phreas agus nan dithis rinn iad cinnteach gu robh i mòr is làidir gu leòr.

Chuir iad gach nì a bha dhìth orra ann am màileid...

agus còmhla ri chèile shàth
iad a' gheòla a-mach gu muir.

Thug iad iomadh latha is oidhche
air an iomradh a' dol gu deas...

am balach ag innse sgeulachd fad an
t-siubhail. Dh'èist an ceann-fionn ri
gach nì a thuirt am balach.

Tro aimsir chiùin is tro ghairbhseach
ghluais iad air uachdar na mara,

na tonnan cho mòr ri beanntan...

...gus an do ràinig iad am Pòla a Deas.

Bha am balach air a dhòigh,
ach cha tuirt an ceann-fionn smid.
Thàinig fiamh a' bhròin air aodann
nuair a chuidich am balach e a-mach às a' gheòla.

Thuirt am balach mar sin leat...

agus ghluais e a-mach gu muir.
Ach nuair a thug e sùil air ais,
bha an ceann-fionn a' coimhead nas
brònaiche na bha e a-riamh.

Bha e neònach a bhith na aonar...

agus mar a b' fhaide a bha e a' smaoineachach...

'sann bu mhotha
a thuig e gu robh e
air mearachd mhòr
a' dhèanamh.

Cha b' ann air chall a bha an ceann-fionn.
'S ann a bha e aonaranach.

Thionndaidh e a' gheòla cho luath
's a rinn e càil a-riamh 's rinn e
air ais chun Phòla a Deas.

Mu dheireadh ràinig e
am Pòla a-rithist.
Ach càite an robh
an ceann-fionn?

Rannsaich am balach
a h-uile cùil
ach cha do lorg e
an ceann-fionn.

Le cridhe trom, rinn am balach a-rithist
air an dachaigh.

Cha robh e gu feum sam bith sgeulachdan
innse oir cha robh duine ann a dh'èisteadh
ris, ach a' ghaoth agus na tonnan.

Ach an uairsin chunnaic am balach
rud sa bhùrn pìos air thoiseach air.
Tharraing e na b' fhaisge
is na b' fhaisge gus am faca e...

an ceann-fionn.

Agus, chaidh am balach agus a charaid
dhachaigh còmhla, a' còmhradh air nithean
iongantach fad an t-slighe.